心理醫生

六色羽、宛若花開 合著

Doctor

天空數位圖書出版

目錄 · *Contents*

心理醫生／六色羽　著

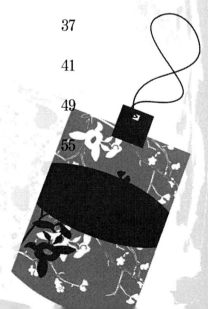

我可以騷，你不可以擾 / 宛若花開　著

心理醫生

———————————— 六色羽 著

第一章　從天而降的男人

「妳以為妳去當安親班的老師，別人會不知道妳領多少薪水嗎？妳是想要諷刺我欣華外貿公司的大老闆，養不起自己的老婆是嗎？」

丈夫突然怒不可遏的自沙發那一端站了起來，兩眼如炬的指著妻子的鼻子大罵。心理醫生張蟻，卻神情淡定的注視著他們，她的客戶。

妻子無言以對，緩緩的嘆了一口氣才反駁他：「我知道你們林家有錢有勢養得起我，但打從一開始和你交往，我就告訴過你，即使結了婚，我也不要在家當家庭主婦，我喜歡孩子，這個工作是我的興趣！」

丈夫聽完，眼睛瞪得更大：「喜歡孩子？既然妳喜歡孩子，為什麼不在家帶我們的孩子就好，非要去外面領那不起眼的薪水，帶別人家的孩子？還被那間安親班的家長認出妳是我老婆，妳到底知不知道那有多丟臉蛤？」

妻子不服氣的回他：「當安親班老師有什麼好丟臉？反正不管我做什麼，你們一家人都覺得我配不上你們林家，連我兒子出生了，你媽都還要帶孩子去驗 DNA，才他媽的承認這個孫子！你們欺人太甚也要有個程度！不是我不帶孩子，是你媽覺得我家世背景，沒有資格帶——」

談判徹底破裂！

這對夫妻在張蟻的診療室裡，已互相叫囂了快半個小時還未見平息的跡象。他們之間最大的問題，在於介入的第三者太雜亂，公婆、大姑小姑還有小叔。

女方一直主張『該受到你家人的尊重』，丈夫卻一直充耳不聞，應該是故意忽視，因為他打從一開始就自認身分高妻一等，娶她已是她三生有幸，還不知好好服侍他的家人？

但男方有小三，才是直接送他們婚姻入地獄的主因。兩人諮詢了半天，才終於讓張蟻自丈夫口中套出實話。

如今他們要找的，恐怕已經不是她這個婚姻諮詢師，而是律師。

　　但沒關係，張蟻會和她合作的律師，合力讓那對內軟弱無能不幫媳婦、對外又在別的女人身上強出頭的丈夫，吐出他該負的責任和代價。他的妻子，早在張蟻的提醒下搜齊了小三的證據；妻子跑去安親班工作也是她慫恿的，目的是為了有經濟條件後，更有利向老公爭取孩子的撫養權。

　　張蟻美其名是個婚姻諮詢師，專門幫助夫妻解救婚姻，但她更樂於幫處於弱勢的妻子，如何有尊嚴的脫離已無法挽救的婚姻，再將渣男打入十八層地獄。

　　張蟻思緒掙脫他們的咆哮聲，跑到落地窗外的陽台。秘書正在幫她把遮陽棚給往外伸出，避免午後強烈的陽光直射辦公室，她等會一定要在陽台上好好的喝一杯咖啡。

　　突然一聲巨大的撞擊聲打破了張蟻的幻想，也將兩個吵得將近拿起刀互砍的夫妻頓住，震驚的看向窗外。

　　三人不約而同衝向陽台！

　　一個穿著米色毛衣、牛仔褲的男人，竟從天而降，他先是壓到剛伸出的夢幻遮陽棚，再掉在陽台上，棚子被他給壓得歪七扭八的塌了下來！

率先抵達陽台的丈夫蹲下身摸了摸不醒人事的男人：「他還活著！」

　　妻子連忙撥電話叫救護車和報警，夫妻倆難得的合作無間，還因為場面過於震撼，丈夫不禁牽起了妻子害怕的手。成天斤斤計較的問題，面對生死交接時，瞬間宛如大夢清醒變成芝麻蒜皮的小事。

　　張蟻抬頭看了一眼壞掉的棚子，這裡是七樓，若是秘書沒剛好把棚子伸出去，他一定直接撞到她的陽台摔死了。

　　她把脖子伸到更外面往上看，並沒有看到任何可疑的人事物，不像是有人將他給推落的樣子，那麼…

　　她盯著男子額頭鮮血淋漓的想：他幹嘛非要跑到我家頂樓自殺？

第二章 再次見面

一個月後…

「張醫師，感謝您抽出時間過來。」李歡的微笑裡，卻看不出任何表情，張蟻敏感的從她那僵硬的臉上感受到不安。

「嗯，李會長別那麼客氣。」

除了李歡，張蟻面前還有其他兩個同樣容光煥發、雍容華貴的女人，她們舉止端莊的將雙手盤在膝上直視著她。她們之中最年長的李歡，是永旭開發協會理事長。

在那幾雙發亮的目光注視下，張蟻推敲著她們之中，誰的婚姻發生了嚴重的問題，才需要找她來解決？

「不知李會長有什麼地方需要我為妳們效勞？」張蟻小心謹慎的問。

李歡直接開門見山的說：「我們需要妳幫忙治療我弟弟，李元旭。」

李元旭…

張蟻好像在哪聽過這個名字？

「我帶妳去見他。」不待張孅回應，三個女人已氣勢凌厲的自沙發上站了起來，張孅起身後連忙解釋：「李會長，妳大概誤會了，我只專門受理婚姻諮詢，並不治療心理疾病的病患。」

李會長疑惑的回頭睨著她：「妳不是心理醫生嗎？」

「是的⋯」張孅有些遲疑的點頭，自從二年前她受過某個治療中女病患的活罪後，就發誓不再幫有心理疾病的人看診。

「那就好了，反正我弟的問題，也跟婚姻有關，只是嚴重了一點，跟我來吧！」

「李會長，我不喜歡隨便打破自己的原則。」張孅堅持的站在原地一動也不動。

李歡淡然一笑走向她：「我知道妳最近投資失利賠了不少錢，只要妳治好我弟，保住永旭開發的名聲，我也能保證妳的診所**可以繼續營業**。」

可以繼續營業？張孅冷不防一怵，這些人居然想仗勢欺人！

三個巨頭毫不妥協的領著張孅前進，張孅被挾在中間，也只能乖乖的跟著她們上樓，進入一間十分寬廣豪華的房間。

　　張蟻才一踏進房，身後的門即被關了起來，她震驚的轉身，門竟已咔嚓一聲的被鎖了起來，有種被威脅的壓迫感湧上，但也只能轉身面對。

　　一個一身白衣的男子，背對著張蟻坐在落地窗前，他面無表情又蒼白的俊容，倒映在玻璃窗上。

　　看著那張臉，張蟻倒吸一氣，那日他自她診所的大廈一躍而下後，滿頭鮮血的模樣又浮現眼前！原來他是永旭開發集團的總裁李元旭！

　　「妳是誰？」那三個自他嘴裡吐出的字，冷得好像三根飛出的冰柱。

　　「我是心理治療師張蟻。」她若無其事的自我介紹，謹慎的盯著玻璃窗反射的那張臉。

　　他嘴角揚上一抹冷笑：「我那些姐姐只會丟一堆垃圾來找我麻煩是嗎？」

　　垃圾！火在張蟻背後燒起，這個人還都真是有禮貌。

　　他原本如雕像般僵硬的神情變得有些傲慢，不可一世的自鏡面反射盯著張蟻。

據她的印象，李元旭還在大學時就已在世界各地得過大大小小的設計獎；一畢業，他的父親立刻就讓兒子接管了永旭開發公司總經理一職，公司在父子一搭一唱之下，將永旭帶向該行業龍頭的領域中。

這樣含著金湯匙出生的人生勝利組、又在商場上經過大風大浪，會有什麼樣重大困難過不去，而選擇跳樓自殺？。

黑夜將李元旭眸色籠罩的更為迷濛，眼底更是目空一切的空洞，鄙夷盯著她的模樣，是用來掩飾自己的脆弱嗎？

這時張蟻發現離她不遠的桌面上，放了一個黃色的文件夾，上面標籤寫著『李元旭診斷資料』，張蟻不假思索的便拿起它打開時，卻聽到一聲重物撞擊玻璃窗的悶響。

「不准妳看我的資料！滾出去！」

張蟻愕然抬頭看向他，李元旭依然坐在椅子上，但身子已斜倒於落地窗上，他在椅子上猛然掙扎，張蟻才發現，原來，他雙手被緊緊綁在扶手上。

他們竟然綁住了他！為什麼？

他再移動身子，這次，他好像決心要不顧一切的用肩頭撞破那面玻璃窗！

就在他終於砸破窗面時，張蟻及時抓住了他的臂膀，爪子狠狠的陷入他的肉裡。

「放開我！」他氣得大吼，她也才知道他被綁住的原因。

相較於她，他龐大的重量，只稍再往前一吋就能將她一起拖下去摔得粉碎。

但張蟻卻堅決的睨著他說：「我是絕對不會放手的——除非你想連我一起拖下去！」她眼神堅定無比！

他瞳仁急遽一縮，兩頰隱見咬合的牙關在微微的蠕動，身子僵硬如木。

第三章　只因為失戀這種小事？

死命於冷風中抓著李元旭不放的張孈，終於感受到手中的重量漸漸在往她的懷中移動，壓力在慢慢減輕後，她索性使盡全力，將他一把拉進自己的懷裏，他手上的繩子也在這時被他給掙脫，他整個人壓在她身上。

她感受到了他急促呼吸中的不安，還有身子冰冷無比，兩人四目相對，他身上的味道，讓她又回想起，那天在急診室，她整晚都陪在昏迷不醒的他身邊。

三個姐姐和管家這時才聞聲衝了進來，各個目瞪口呆的看著他們相擁於地上，還有那破碎的落地窗。

李歡迫切的問：「這裡發生了什麼事？」

李元旭自張孈的身上站起，凜冽的瞪了她們一眼，便逕直的坐到沙發上不發一語。

二姐疼惜的向前握住他的手：「阿旭，你剛剛不會又尋短了吧？你別再這樣嚇姐姐了好嗎？」

李歡無耐嘆息對管家令道：「去叫劉醫師。」

「我不需要任何醫生，通通滾出去！」

李歡怒：「你一再尋短，要我們如何放你一個人？」

三姐也焦慮的流著眼淚哀求他：「阿旭，以你的身分地位，世界上的女人要多少有多少，何必一直執著於那個背叛你的賤人？」

李歡向老三使了個閉嘴的眼色，要她別再提跟男人跑的蕭欣心，只會雪上加霜。

妻子和別的男人跑了？

張蟻看向李元旭，一絲苦楚自他臉上一閃而過。看來蕭欣心的離開，對他的打擊真的很大，還讓他死意堅決！

這個領導上千人的總裁，三番二頭尋死的原因竟是那個？張蟻嗤鼻一笑。

那麼不堪一擊？這世上誰沒失戀過？他是顆被姐姐們保護過度的草莓嗎？

她直視他的眼底，那裡的寒冷與絕望，讓張蟻竟不禁倒吸了一口氣！

「我不會再尋短…」李元旭近似呢喃的說，兩眼再次放空的盯著黑壓壓的電視螢幕。

三個姐姐卻完全沒有要撤退的意思。這時，她們叫喚的劉醫師和兩名護士走了進來，李元旭看到醫護人員後，怒不可遏的站了起來：「我說過不要再叫醫生來，全都給我出去！」

「你剛剛又上演驚悚的那幕，誰還會相信你的話？」

情急之下，他指向張孋說：「那個心理醫生留下來…」

大家詫異的看向張孋，張孋比他們更驚訝，完全沒料想到他會希望她留下來！

「我想再和她談談。」

所有人都滿腹疑惑的離開，掩上門前，李歡遲疑的又看了張孋一眼，這心理醫生真的能夠壓得住他嗎？目前也只能姑且相信了。

門被關上後，房裡頓時陷入一片的死寂。

他低沉的嗓音，突然打破了寧靜：「妳剛剛為何不放手？」他犀利的黑眸，依然銳如刀的不給人任何靠近的機會。「妳想跟著我這種人一起掉下去嗎？」

15

他頭上，好像聚集了一團積雨雲，快下起大雨。

原來是剛才生死一瞬間她沒放棄他，才因此贏得了他一點的信任。

「你**這種人**？」她堅定的走到他面前坐下，他卻反彈的站起，好像她有劇毒或怪味般令他嫌惡。

「幹嘛？」他的反應讓張蟻覺得好氣又好笑。

「不用刻意和我親近…」他再次漫步到落地窗前，那讓張蟻神經又拉起了警報。

張蟻故作鎮定：「你覺得你是哪種人？」

「活著對身邊的人來說，是種負擔…」他平靜的說。

張蟻訝異不已：「但據我所知，你公司旗下有上千個員工全都仰賴著你過活，你怎麼會認為…自己是一個負擔？」

「仰賴著我？」他不以為然的挑高了眉頭：「妳真的以為永旭開發集團少了我這個總裁，就不能運作下去了嗎？公司團隊裡的每個成員，各部門都被訓練成各司其職、各發所長，不論哪個螺絲鬆了壞了被換掉了，都能夠不受影響的營運下去。

就像螞蟻兵團，即使不需要中心領導者，也一樣能把自己的責任做好。地球絕不會因為某個人死了，就停止運轉的。」

說起豐功偉業時，他灰暗的眼神燃起了一盞難得的光亮，或許，他並沒有全然的萬念俱灰。

「所以，你也認為自己是那顆可隨時可被更換下來的螺絲，才會對人生如此心灰意冷？」

他陷入沈默中沒回答。

她再說：「既然知道被輕易換掉的痛苦，當初又何必制定這麼不富人性的方式在管理公司？有些員工，是帶著對同事的感情、對公司的感情在做一份工作，而非全然為了錢或負責而已。」

她說完有些後悔，因為他往那面被他撞碎的窗戶，又再上前了一步，低頭看著下方的街道。

第四章　真正原因

「妳曾經被人拋棄嗎？」

李元旭低沉的嗓音，突然劃破了靜謐。

張蟻一愣，**被人拋棄？**

他黯然說：「如每天朝夕相處的家人，突然莫名奇妙、毫不留戀的不告而別…」

往事片斷，不禁在她腦海一閃而過。

他見她表情陷入迷惘與惆悵，似乎是明白了她的答案。

張蟻不自覺摸了摸原本戴著戒指的食指，但那裏已經空無一物。

「我…」張蟻正想開口回答他，他卻按下座機內鍵呼喚管家：「張醫生要回去了。」

他堅決的盯著她，之後，就再也沒有開口回答或說任何話，不論張蟻如何試著再找話題想了解他，都徒勞。面對這樣難以捉摸的病患，待管家進來，張蟻識相起身離開了房間。

三個姐姐已在房門外等她，看得出，李元旭這三個姐姐對他的關心趨近於寵溺。

　　李元旭什麼都擁有，卻比一般人更加的脆弱與不堪一擊，他在世人面前，只是一個假面的強者罷了。種種現象都讓張孀對李元旭的尋死，莞爾一笑。

　　「妳們的弟弟究竟發生了什麼事？」為了場面，她只能虛與委蛇的關心一下，畢竟對方都是有頭有臉、勢力不小的人物。

　　李歡將她領進另一間會客室。

　　李歡：「他的老婆帶著他的兒子，和別的男人跑了。」

　　二姐看出張孀一臉輕蔑，連忙繼續解釋：「張醫師，我明白妳認為我弟自殺的原因太小兒科，但妳看過的病人那麼多，應該也明白，通常那種外表愈是堅強的男人，其實內心可能比一般人都還要柔軟，還要經不起打擊。」

　　「嗯，尤其是從來沒有經歷過任何打擊的常勝軍，身邊又有許多袒護者，那更是不堪一擊。」張孀毫不避諱的接了她的話，場面頓時陷入一片的尷尬。

　　張蟻不想再浪費時間在李家酌墨，於是開始推辭這案子的藉口：「李元旭的自殺意向強烈，為何不讓他住院？」她一問完便猜出了答案，因為李元旭是有頭有臉的人，住進精神病院，豈不等於身敗名裂？

　　身可以死，但名不可毀。

　　「張醫師是精明的人，是不是已經知道了他為何不住院？」李歡看著她臉上恍然的表情說。

　　張蟻苦笑了一下：「他應該可以找到更有權威的心理醫師幫他，我也可以幫你們介紹，總之，李總裁的病情我恐怕無能為力。」

　　「那天他自樓上跳下來送醫的途中，妳都肯全程握著他的手不放，為何不能治療他？」她們深切的睨望張蟻。

　　張蟻回想起那天救護車抵達後一團混亂的情形，其實不是她主動握住他的手，是昏迷前的李元旭，抓著她的手不放。

　　許多自殺未遂的人，都會對自己企圖自殺這件事感到萬分的詫異，還會感到害怕無比。李元旭當時或許就是需要一股抓

住他的力量，才能度過撿回一條命的難關。她當時若是放開他，處於生死混亂中的李元旭，恐怕是很難度過那一晚。

張蟻卻對當晚自己所做的事一笑置之，再次表明真的無法幫李元旭治療後，便起身向房門走去準備離開。

「我姪子…」李歡倏地激動的站了起來：「李元旭的兒子，被他老婆的同居人給打死了。」

張蟻霍然停住了腳步，手緊緊握住門把，**孩子被打死了**幾個字，在她耳裡如炸開的鞭炮，她努力的穩住身子。

「我們發現孩子時，全身無一處是完整的，他是被那惡棍活活打死的。但我們的父親為了集團的名譽，封鎖了所有的醜聞，向媒體謊稱孩子是死於疾病，不是受虐致死。李元旭認為是自己沒盡到為人父親的責任，才會釀成兒子慘死，便一直在愧疚的深淵中打滾，怎樣都跳不出來。」

李歡哽咽的終於將事情的來龍去脈全盤托出。

真相殘酷的讓張蟻動也不動。

二年前，那個差點害她喪命的婚變，她彷彿再次看到自己滿手的鮮血！

第五章　由妳來演

推託不掉，那天差點走不出李家大宅，在李元旭身上發生的事，讓張蟻心有餘悸。

「張醫生，記得今天要去見他喔…」她的秘書將李元旭的病例放到她桌上提醒她。

張蟻瞟了資料一眼，眉頭瞬間皺成一團。棘手的傢伙！

再次來到李元旭的面前，他的情況不但沒有改善，反而更糟。兩眼眼窩凹陷、眼神更是槁木死灰、黯淡得令人發瑟。這次他被銬在床上遠離窗戶，前方有二十四小時監控的攝影機照著他，嚴防的更加緊密，宛如囚犯。

「妳以為妳救過我兩次，就還能再救我一次？」他低沉的嗓音，將她拉回神面對他。

張蟻有些訝異，他居然還記得他從天而降那一次。通常患有重度憂鬱症的人，腦部血清素含量會異常，會有解離情形，一段時間沒有記憶、不知道自己在幹嘛？

「我也不知道我能不能再辦到，你認為呢？」

張孃巧妙的將問題丟還給他，避開正面回答。她不能給他連她自己都無法確定的承諾，不然到頭來沒有達成，失望會被放得更大。

　　李元旭輕嗤了一聲：「我從不錄用沒有遠見和能力的員工，沒那自信就快滾！」

　　面對他的憤怒，她臉上反而浮現一抹詭譎的笑意。

　　「笑什麼？」

　　「你雖然一心想死，但骨子裡還是裝滿雄心霸志，何不用那股霸氣走到老，看自己能走多遠？」

　　「那麼請妳告訴我走下去的目的地為何？」

　　「只要你走下去，命運自然就會告訴你答案。」

　　「看來妳比較適合當哲學家，不是心理醫師。」

　　「也許吧…」張孃故作認同的聳肩，面對病人的嘲諷謾罵，她早已習以為常。

　　「所以妳的人生目地是什麼？妳拯救我，是為了利用我來打響妳的名聲對吧？」

「如果可以的話我也很想。可惜的是，你姐姐早對你的病情全面封鎖，我很可能完成使命後會被她們封口也說不定。」

他其實心知肚明，她那天寧可一起被拖下去也不放開他的表情，絕對不是為了利益。

他皮笑肉不笑的將視線自她身上撇開，看向窗外。

這動作意謂他再次自我防衛了起來，不打算再與她交談，就像上次一樣。

「你想看電影嗎？我帶了幾部不錯的 DVD。」她興致勃勃的將片子攤在他面前。她調查過他的嗜好，熱愛看電影是其中之一。

「DVD？」他滿臉不屑的笑說：「妳該不會不知道現在有像 Netflix 的電影網站吧？」

張孃的興頭瞬間被他潑了一道冷水，嫌我落伍是嗎？

「你不選片，那我就幫你選囉。」

反正他被銬在床上，又有何選擇餘地？看電影多少可暫時分散他一直想死的注意力。

　　她傾身拿了一部，一隻節骨分明的修長大手，霍地抓住了她的手腕，她愕然的望向他。

　　「那妳就放 A 片。」

　　「什麼！」張孃覺得自己是不是產生幻聽了？

　　「妳不是想分散我的注意力？那得找我有興趣的看才行。」

　　「你…」她沒想到這個人一心求死，卻還能這麼好色！果真是天下烏鴉一般黑，還看出了她想分散他注意力的技倆。

　　「既然沒有，就由妳來演。」語畢，他強而有力的臂膀已硬生將她的身子攬進了懷中，薄唇印上她的。

　　她駭然僵住，他的氣息與溫度，兜頭罩下，頭一陣昏天暗地的轉了起來，粗糙的鬍渣刺得她臉頰好痛，她才猛然回神想起要抵抗，但在他懷裡卻怎麼也掙脫不了，只得狠狠往他唇上咬了下去，他才痛得放開她。

　　鮮紅的血自他嘴角流下，但他卻沒有伸手去擦掉它，兩人怒目相向的瞪著彼此，空氣凝結如冰。

第六章　妳很想看嗎？

「你想要用這種方式逼我走是沒有用的。」

張蟻挑高了眉注視著他，這不是她第一次遭受病人的攻擊。

「喔～」李元旭淡然一笑：「原來是我低估了妳的固執，但我下次，可不會這麼輕易放手。」

下次！

他是在向她挑釁嗎？

他目光炯炯，臉上剛毅的線條，陰鷙的讓張蟻的背脊都發了涼。他雖然一手被銬住了，力量卻依然大得驚人！似乎可以輕易把她給揉碎。

為了讓自己冷靜下來，張蟻轉身走向音響，按下播放鍵，『藍色多瑙河』悠揚的流瀉而出，她努力掩飾激昂的情緒。

安定的音樂卻瞬間如被吸進了黑洞，戛然停住！

張蟻詫異的看了一眼停止的音響，再看向李元旭，他手裏拿著搖控器。

「看來，她們應該是付了妳高額的時薪，才會那麼難纏對吧？」

張蟻拳頭攥了起來，這個可惡的男人，到底把她看成什麼樣的人？開口閉口都是利益。他也許就是因為言詞總是尖酸刻薄，老婆才會毅然決然的離開他，再加上他是個大總裁，妻子在他心裡應該就只是陪襯角色，鐵定長年被他給冷落一旁。

可惜的是，經過張蟻對他身邊人的訪查，他卻不是如她所想的那種丈夫。

親友說他每天忙得再晚，都一定回家陪老婆孩子，假日也是。這樣高富帥又顧家的男人，全天下的女人打著燈籠都找不到，但蕭欣心那個女人，居然就是萬中之選的身在福中不知福的賤貨。

夫妻之間，往往參雜很多外人所不知的問題，眾人對蕭欣心的結論她卻有所保留。

李元旭這人人眼中的完美男人，一定有什麼讓蕭欣心所無法容忍的事，才會讓一個有了孩子、已經組成圓滿家庭的女人，說走就走。

　　她心一抽，李元旭不斷勾起她前夫開始變心時的模樣，那是不論再付出多大的代價，都無法挽回的冷漠。就在張蟻要開口反駁李元旭時，他竟站起身，開始解開身上衣服的釦子。

　　張蟻一臉茫然的問他：「你現在又想做什麼？」

　　「這是我的房間，妳覺得我在幹什麼？」他泰然自若的繼續：「我要睡了，請妳離開。」

　　「睡覺幹嘛要脫衣服？」

　　沒想到他看起消瘦的身子，在衣服下竟意外的結實強壯！肌塊賁張的線條讓她都不禁屏住了呼吸。

　　「我喜歡裸睡不行嗎？很想看嗎？」

　　就在他慢條斯理脫得只剩下一條性感的三角內褲時，張蟻連忙轉過身，僵著身子坐回沙發上。

　　李元旭很訝異她居然還是不肯離開！不明白她為什麼就是不肯放棄？

　　也罷，她愛待在那兒就待在那兒吧！

他大剌剌的躺回床上，望著她孤身執著的背影，許久才閉上雙眼。

世界頓時變得死寂。

房間角落的一雙女用拖鞋吸引了張蟻的目光，她舉目環視了房間，安靜後才發現到處可見女人和孩子的東西！

難不成…這些全是背叛他的老婆留下來的物品？

化妝品、衣服、帽子、手飾、玩具和童畫、童書……它們似乎一直未隨著主人的離開而被移動過，強烈的眷戀！他應該丟掉它們，而不是把它們繼續留在原地折磨自己。

男人應該都是渣男才對，在她的病號和現實生活中，沒有一個是例外！

鼻子一酸，眼淚悄然滑落，張蟻的拳頭越攥越緊。

一隻安穩的坐在櫃子一偶的可達鴨絨毛玩具，讓她眥目欲裂的站了起來！

她兒子也有一隻一模一樣的，只是它最後卻被血，染成了紅色。

　　悲從中來，她走向它，抓住它的腳，緩緩的走向李元旭，
站在他床前瞪著他。

第七章　失控

張蟻一把掀開李元旭的棉被，不待李元旭來得及反應，可達鴨肥胖的身子已往他的口鼻狠狠悶去。

李元旭本能的抓住張蟻的手，滿腹疑竇一個心理醫生竟然會想要殺他？但張蟻使勁壓住絨毛玩具的力道，看起來並非在和他開玩笑，是真的想要他的命。

李元旭雖然百思不得其解張蟻突然失去理智的原因，但這結果不正是他所想要的嗎？難不成她這是想幫他？

他放開了她的手，兩拳緊攥在床上不再作任何的抵抗，額前幾縷零落的髮絲，擋住了他淡漠的黑眸。

他失去反抗的模樣反而讓張蟻回神，連忙鬆開手，驚恐的起身，跌坐於地。

重新得以呼吸的李元旭激烈的蜷起身子咳了起來，一陣陣淒楚的哭聲也自床下傳來，李元旭沒說半句話，只是靜靜的躺在床上聽著。

時間自他們倆的身邊一點一滴的流淌而過，空氣中只剩下他們渾濁的呼吸聲。

「你是不是認為自己才是殺了兒子的兇手？」聲音自地面傳導而上，張蟻雙手抱膝，蜷坐在那裏，她不敢相信自己會產生移情作用，完全失去醫師該有的專業而失控。

床上依然沒有傳來任何回答，但張蟻知道他還沒睡。

「你知道嗎？」張蟻再次讓空氣凝滯了良久，才得以平復的繼續說：「曾經有個心理醫生，發生在她身上的故事，和你的大同小異。」

她現在才發現，那段逝去的過往，她從來也沒去面對和整理！

二年前，某個豔陽高照的星期日午後，懷有二個月身孕的張蟻，返回診所拿遺忘的資料。當她停好車後，卻看到一輛陌生轎車停在診所門口附近，一股不對勁隱隱而生。

她有些躡手躡腳的走進了診所，門才一打開，女人淫蕩的歡吟聲如浪向她潮來！

　　她頓時石化，許久才回神走向樓上的診療室，從敞開三分之一的門縫往內看，一雙玉筍般赤裸的腿朝天大開，張孃的老公世傑，正在那雙美腿間揮汗如雨的衝刺。

　　「這就是你回報我的方式嗎？」張孃脫下腳上的高跟鞋就往田世傑的頭上扔去，他痛得嗷叫了一聲，原本躺在診療椅上的女人宋佳慧也驚訝的蹭坐了起來！

　　兩人目瞪口呆的看著怒氣沖沖、朝他們衝來的張孃。

　　「我拼了命的接病患，供你吃、供你穿、供你讀醫學院，結果，你給我的回報就是和我的女病患上床？」張孃歇斯底里的對田世傑邊打邊嘶吼，還猝不及防的賞了不知所措的小三響亮的一巴掌！

　　「張孃，妳究竟是鬧夠了沒有？」田世傑不捨的看著宋佳慧臉上紅通通的手印子，惱火的一把將抓狂的張孃給推開，張孃一個顛躓不穩，背用力去撞到身後的桌角，一陣麻痺感，冷汗瞬間從背脊涼到頭頂。

　　田世傑卻指著張孃的鼻子怒道：「佳慧懷有身孕，妳不是心理醫生嗎？遇到事情不能好好講，非要使用暴力嗎？」

什麼？她懷有身孕！是世傑的孩子嗎？

第八章　失去

　　張蟻感到身下有股溫暖黏稠的液體延著她的大腿直竄而下，疼痛緊接而來。抬頭看向田世傑，他正忙著安撫宋佳慧坐下，她的視線越過世傑，給了張蟻一個勝利的微笑。

　　那不是她認識的田世傑！那不是她的老公！

　　張蟻覺得一陣昏天暗地，她低頭駭然的看著流滿大腿的鮮血，口裡最後呢喃：「我的寶寶…」終於暈了過去。

　　張蟻再次醒來時，人已躺在醫院病房裡，肚子的緊繃和懷孕的不適沒有消失殆盡，孩子還在，她心中的一顆大石總算放了下來，取而代之的，卻是虛脫般的無力感。

　　但一想起中午所見的那一幕，她茫然的盯著天花板，眼淚開始如打開的水籠頭，怎麼都止不了。

　　「小蟻別這樣，我真的沒想到我會推得那麼用力，我真的不是故意，還好孩子總算是保住了…」田世傑在她身邊叨叨絮

絮不停道歉的話，已經全然進不了張孃的耳裏，她彷彿走在一團迷霧之中。

這場中午突然飄來的大霧，一瞬間，就將她辛苦經營了五年的家庭給吞噬了，眼前這個男人，真的是她信任與愛了五年的枕邊人嗎？

「把皓皓帶來，我要見他…」張孃決定等二歲兒子一帶到醫院，她就要請娘家的人將他帶走，再也不讓田世傑有機會見到兒子一面，她要跟他徹底決裂。

張孃看向被平放在茶几上的婚戒，它上面的鑽石發著堅不可摧的動人光澤，五年前，她被那顆鑽石的光芒所迷惑，但五年後，她卻被那道光照開了眼，看清這個男人有多無能？

「妳放心，先好好調養好身子，皓皓那邊有人照顧著。」田世傑唯唯諾諾的安撫她。

「有人照顧著？」張孃心一凜，嚴厲的看向田世傑：「是誰？你沒有叫我媽去顧皓皓？」

「妳別激動嘛！妳也知道妳媽的個性，這件事若是讓她知道…」

　　她艱難的坐了起來，田世傑連忙站起來要阻止她：「妳要幹什麼？」

　　「你不會是讓宋佳慧顧皓皓吧？」張孁兩眼瞪得老大質問田世傑。

　　「我…」田世傑吞吞口水：「不然臨時還能找誰顧呢？妳放心，她人其實很好的…」

　　「她是我的病患，她人好或不好還需要你來告訴我？」她無言以對的將手指搔進了頭髮裡：「你知不知道她有謀殺兒童的前科，而且還不止一次。」

　　「妳別故意那樣毀損她，把她說得…」

　　「她流產過兩次，」她截斷他的話：「兩次都是她自己故意造成的，她還淹死過一個情敵的兒子，但因為她有精神異常的證明，所以才會獲判無罪到現在還逍遙法外…」

　　田世傑雖然半信半疑，但仍驚得瞠目結舌。

　　「我知道錯了，我決定離開她了，妳別再那樣說她行嗎？」他腦袋倏地一片空白，口水嚥了又嚥還是覺得口乾舌燥，不明白自己怎麼會一時被美色給迷惑？

張孅的神情卻登時瞠得更為恐怖：「她知道你決定要離開她了嗎？」

「我⋯我⋯」田世傑吱吱唔唔的看著張孅，緊張的連指尖都發白：「看妳變成這樣，我有向她暗示過⋯我很後悔，她也是，所以她才主動說可以照顧皓皓，沒事⋯」

「快去把皓皓帶回來，快去報警——」張孅對田世傑嘶吼，田世傑被她嚇得自椅子上蹭了起來，椅子倒於地上發出巨響，他已連滾帶爬衝出病房，張孅覺得全身都在發涼！

當田世傑再次出現在張孅病房門口時，手裏拿著一隻可達鴨，只是，那隻鴨子不再是軟化人心的鵝黃色，它的腹部到頭頂，全部被鮮紅的血色給取代！

張孅怳然的望著他掐進鴨子肥碩脖子的手指，手中的杯子瞬間滑落於地，許久，她才開口問呆滯的田世傑：「皓皓呢？」

第九章　提告？

每個『決定』組成了一個人的一生。

上一秒的決定，帶動下一秒的路走向哪裡？

有人決定向右走過馬路的瞬間，就不幸被車給撞死了。

張蟻決定要嫁給田世傑的那一刻，就注定了正在開始往失去兒子的那一場悲劇推進。

田世傑去找兒子時，張蟻一而再再而三要他別再向未佳慧提分手一事，但兒子最後還是慘遭宋佳慧的毒手，無辜死在大人愛恨情仇的紛爭中。

那麼，李元旭的悲劇，是從哪一個時點開始的？

也是自他踏入婚姻的那一刻起嗎？

那天張蟻在李元旭的房裏，差點情緒失控將他給殺了之後，就自認自己已失去治療他的資格。

令她驚訝的是，那天他的姐姐們，透過監視器一定也都有看到那一幕，但她們竟意外的沒有半個人衝進房阻止她傷害李元旭！

為什麼？

是因為她們信任她？

還是…她們關心弟弟的性命安全，是假的？

張蟻繼續匪夷所思的猜測，該不會那三個女人，早就把她的背景摸的一清二楚？知道李元旭的遭遇會刺激她、進而讓她失控，所以才會找她這個有相同故事的婚姻諮詢師，去治療一個對人生徹底失去希望的男人。

那麼，李元旭三個姐姐的目的，該不會是要利用她，間接殺了自己的弟弟？

謀財嗎？為了篡奪弟弟總裁的位置？

張蟻憤怒的攢起拳頭，她居然被人當作奪權爭產的工具了而不自知？經過這一體悟後，她更加無顏再去面對李元旭！

　　那晚，她自言自語一陣向他傾訴自己的遭遇後，床上依然沒有傳來任何的聲音，李元旭的安靜，更讓張蟻又羞又愧的無地自容。

　　她黯然想起身時，一隻大手自床緣邊向她伸來，她愣愣的盯著那隻手。

　　「別放手，除非妳想把我也拖下去…」他低沈的嗓音好像被靜下來的夜給吸走了。張蟻這才意會，那是她那天死命抓著他跳下窗時說的話。

　　她忍不住緩緩的握住他，一顆被刺得破碎的心，竟瞬間被他的溫暖修復了起來！

　　到底是她在治療他？還是他在治療她？

　　她赫然感覺在他厚實的掌心裡，有顆尖硬的物體，他把它放到張蟻的手上，然後放開了她。

　　是顆種子嗎？她愣愣的看著掌心物。

　　張蟻的思緒被兩道敲門聲給拉回，秘書走進來後，急迫的對她說：「張醫師，永旭開發的李總裁說想要見您。」

「啊？李總裁？李元旭？」那名字還是讓張孃冷不防的打了一個寒顫。

「是的…」

張孃瞧了一眼座機，並沒有外線，疑惑的問：「他在線上嗎？」

「嗯…他不在線上，他們說要立刻和妳見面談一些法律上的問題。」

秘書的手指在不安的絞動。

張孃儼然四肢發涼，他該不會是要控告她醫療傷害吧？

秘書忍不住的問：「妳真的對李總做了那樣的事？」

張孃瞟了秘書一眼，然後點點頭，懊悔的想打個地洞鑽進去。

怪只怪李元旭的遭遇，和二年前的情境實在太像了，最後還該死的冒出那個該死的可達鴨，移情作用簡直是一發不可收拾。

「這可怎麼辦？這件事若是傳了出去，妳的名聲恐怕不保了，連帶這間診所…」

張蟻咬的指尖一片慘白。

「早就告訴妳不能輕忽那件事，該去看心理醫生。」秘書決定豁出去：「看妳總是對病患們的丈夫，嫉惡如仇的開刀，我就覺得總有一天會出事。妳心裡那道傷，太深了，一直都沒有處理才會爆發。」

張蟻不服氣的反駁：「我什麼時候針對女病患丈夫開刀了？走出我婚姻諮詢診所的夫妻，哪個不是各取所需、滿意而歸的？」

「妳真的覺得是那樣嗎？」秘書把皮球踢還給她，要她自己去反省思考。

秘書銳利的目光差點沒把張蟻給閃瞎，她知道她是對的，她從來就沒有自失去皓皓的創痛中走出來過，她根本連掀開紗布查看傷口的勇氣都沒有。

「我會擺平的…」張孃嘴巴雖然那麼說，但心裡可是一點信心都沒有，因為那天在李元旭的房裡，可是有多台監視器直直的照著他們，罪證確鑿，她實在想不出什麼脫罪的藉口？

　　到了李家大宅，張孃忐忑不安的跟著管家，向李元旭的房門走去。

　　她直想掉頭就走，但那兩扇莊重華麗的大門還是在她面前敞了開來，她看見他坐在沙發上等她。

　　他霍然抬頭，目光灼灼直望向張孃。

　　張孃簡直是被他容光煥發的模樣給嚇了一跳，如同鑿刻出的五官好深邃，眼裏閃動會令人迷失的光芒！

　　張孃不禁懷疑，這真的是她幾天之前見到的那個李元旭嗎？

　　「很抱歉我們得以那樣激烈的方式認識…」李元旭起身，向她走來，在她面前停住，他高大精實的身子，讓張孃有種莫名的壓迫感。

　　尖銳無比的言詞和目光不見了，瞬間變得如此溫文儒雅，張孅有些不能適應，但仍為他鬆了好大一口氣，自那天離開之後，她對他的病情依然懸掛在心上，從沒放下過。

　　「妳通常都如何判斷一個病患，已經可以放手了？」

第十章　提告？

他眉心猝然聳動了起來，神情幾乎凝滯，複雜而深邃的眼底，有如驟變的風雲，看得張孅好茫然。

此時房門砰得被敞了開來，李元旭三個姐姐氣勢凜凜的走了進來，目光如噬的站在張孅面前。

「張醫師，那晚發生在我弟弟房裡的事，希望妳能解釋一下…」

她們咄咄逼人的眼神讓她掌心都冒出了冷汗，看來不打場官司，她們是不會放過她了。

張孅向她們鞠了九十度的躬：「我為那晚的情緒失控感到十分抱歉，李總因此造成的精神損失我會負擔賠償。」

「妳覺得我們家很缺錢嗎？」李歡微笑：「我們只需要妳告訴我們，妳那晚是怎麼回事，怎麼好像突然發狂的攻擊妳的病患？並沒有要妳負什麼賠償。」

「誰說不用她負責？」

49

　　所有人愕然的看向說話的人，李元旭一臉陰鷙語氣繼續說：「她那天跳到我身上是真的想要掐死我，還好她最後僅存的一絲人性阻止了她。」

　　他陰惻惻的黑眸子，又在產生變化，張蟻背脊發起涔涔冷汗，感覺有種風雨欲來的不安。

　　「我要告她職業傷害，並賠償我所有的損失…」

　　張蟻努力的鎮定自己，但四肢卻已涼到底。這人諱莫如深的時晴時雨，但終究是冷血無情的一個商人，唯利是圖。

　　李歡嗤得笑了一聲：「看來，我們的李總裁，是真的回來了。」

　　其他兩個姐姐也會過意的跟著笑了出來，李元旭終於恢復以前意氣風發的模樣。

　　「我得到公司去了…」李元旭轉身向房門走去，離開前扭頭盯著張蟻說：「張醫生，等我的法院通知書吧。」

　　張蟻肩膀瞬間垂了下去，怎麼也沒想結果會變成這樣。

　　李歡拍了拍她的肩膀：「別擔心，我不會讓他告妳的。」

張蟻回神，滿腦子都是他回頭看她的最後一眼，那眼神感覺不到怒意，第一次見到他時的那抹悲傷，卻一閃而過。

哪裡不對勁？

張蟻恍然走到窗邊，她很想再看李元旭一眼以確認全是自己多慮。

雖然他恢復成永旭開發集團的總裁後對她很不利，但身為醫生，她還是很希望病人能夠恢復健康。

窗櫺上一條繩子的結頭吸引了她的目光，她加快腳步跑到窗邊，被綁在繩子下的景象給滯住！

一隻鋼達姆機器人脖子被綁了一條繩子，吊在窗戶外面。

這是什麼意思？是李元旭將機器人綁在那兒的嗎？

李元旭不可能告她！

他若是告她，那就代表他得將自己的病情，暴露在陽光下供所有人審視與議論。而他們李家最重視的無非就是名譽，所

以在李元旭痛失愛子後不肯公開醜陋的真相，而把李元旭給逼瘋。

既然如此，李元旭為何要演出那幕耍狠告她的戲碼？

他離開時那複雜的表情，在她腦海裡盤旋不去，再次看向上吊的鋼達姆，讓她不寒而慄，靈光乍然閃過——

他說要告她，該不會是故意演給三個姐姐看的？故作強勢讓所有人誤以為他已經重新站起來了，那樣才能夠隨心所欲的離開！

她拉起繩子解開綁在窗欄的繩頭，三姐妹詫異的盯著慌張的張蟻：「怎麼了嗎？」

「快去把李元旭找回來，他還是有自殺的傾向——」

李歡：「怎麼可能？我看得出來，他現在一心只想快點將公司給整頓好…」

張蟻臉色鐵青將那隻機器人，垂釣在她們面前：「他剛剛把他兒子的鋼達姆綁在窗外，模仿上吊自殺。」

大家結舌的看著晶光閃閃機器人脖子上的麻繩。

「那⋯其實不是他兒子的機器人。」三姐結巴的說。

「那麼是誰的？」

老二接著回答：「是元旭被領養時，就一直帶在身上的玩具。」

「**領養**？」張蟻不解：「妳們說李元旭是你們李家領養回來的孩子？」

她猛地想起她一進門時，李元旭問她的話⋯

「妳通常都如何判斷一個病患，已經可以放手了？」

她恍然明白，李元旭離開時的表情不是責備或哀傷，而是失望！

那晚她一時失控差點殺了他之後，就對他放手不再回來這裡。對他來說，置他於不顧的拋棄，遠比親手將他給掐死打擊還要大！

「他還想要跳樓或自殺，他會去哪裡？」張蟻有些歇斯底里的問她們。

「會不會是去了那棟我們發現他的老公寓？那裡正在重建。」

第十一章　你的目的地

一個人的心理狀況，宛如一個人走過的生命族譜，經歷過什麼樣的生活，就會一筆一劃的刻印在腦子裡，再以人格呈現出那些歷史故事。

李歡緩緩的說出李元旭的身世，原來他並非含著金湯匙出生，而是個跟著母親四處顛沛流離的孩子。在被李家三姊妹發現他前，他則是獨自帶著三個年幼弟妹的大哥，一家四口窩在惡臭不堪的破公寓裡。

一開始，他們四個孩子還有個媽媽，但他們的爸爸都不是同一個人，他們也從沒見過。在某個寒冷的冬夜，他們的媽媽再也忍受不了這群孩子對她的拖累，竟當著四個孩子的面收拾完行李後，不顧二歲、三歲、五歲和七歲的幼子們對她痛哭流涕的挽留，毅然決然的離開了。

她騙孩子們要去很遠的地方工作，很快就會回來帶他們走，以父母為天為地的孩子，當然對媽媽給的承諾堅信不移，但她

從此音訊全無。李元旭只得負起照顧弟妹的責任，一邊四處行乞撿垃圾，一邊眼巴巴的等著媽媽回家來帶他們一起走。

但媽媽始終沒有回來。

孩子們怕媽媽回來後找不到他們，也不敢向大人求助，因為擔心大人發現他們沒有媽媽後，就會把他們分散四處給人領養。媽媽無情的離開，也讓幼小的心靈，對大人漸漸地失去信任。

寒冷和飢餓，開始無情的從最小的妹妹下手，某天寒流，他們發現妹妹已經僵如冰棒，沒有了呼吸，緊接著是三弟，大妹最後也不支倒下。

所有的心靈支住都死在李元旭面前！

心如槁木死灰，李元旭也不想再出門撿拾或乞討。他躺在死去弟妹的身旁，靜靜的等著那扇門被打開，期待著他們日以繼夜思念的媽媽還會回來、還記得他們。

李氏姐妹玩大冒險時誤闖李元旭未上鎖的破公寓，才發現幾乎已奄奄一息的他，並將他帶回家，沒有兒子的李氏夫妻才將李元旭收養。

「妳曾經被人拋棄過嗎？如每天朝夕相處的家人，有天毫不留戀的拎著行李，說走就走…」

張孇現在才明白他為什麼要問她那些問題。

原來這才是李元旭失去活下去力量的主因，不單單是失去兒子的痛。

母親對孩子而言代表食物，代表活下去的泉源。

妻子不信守承諾的拋棄，還讓他失去愛子，這些打擊不但讓他重拾兒時的傷痛，也讓他不知道要如何再去相信任何人？

李元旭果然在這棟正在重建的大廈裡，張孇用警方給她的定位系統來到他身旁時，他已木然地站在一根鐵板上。

板子的盡頭是沒有牆面的七層樓，他正低頭往下看。

「我已經不怪妳了…」他彷彿身後長了眼睛，連頭都沒回就知道她來了，風將他的身子吹得搖搖欲墜，看得觸目驚心。

「不，你該怪我，我說過我不會對你放手的，但我卻因為自己的私事感到愧疚，就輕言放棄治療你，是我的錯。」

她小心翼翼的想要靠近他，誰知他厲聲喝道：「別再往前一步！」

張蟻屏息楞於原地。

「我沒想到妳和我竟有類似的遭遇，但是，妳卻比我勇敢…」

她聽出他的聲音有些在發抖。

「我並沒有比較勇敢，我只是在事發後，把所有的過錯都往我前夫那渣男的身上丟，拋開包袱後，自己才能比較輕鬆的面對前方的路，不然再強大的巨人，都會被罪惡感給擊垮。」

他盯著她看的黑眸，流出一道莫名的憐惜，口裏似要說什麼，卻又頓住，一陣沈思後，才緩緩的說：「妳說走得遠，才能看到人生旅途上不同的美好光景，」他嘴角浮上一抹好看的弧度：「可惜的是，連目的地都沒有的人，是不會想旅行的。」

他才說完，腳又往前跨出了一步，張蟻在他身後大喊：「等一下…」

張蟻自口袋掏出那顆種子，那晚自他溫暖掌心接過的植物。

　　「你那晚為什麼要在我最絕望時把它給我？」張蟻心切交迫的望著他。

　　微光中，種子在她掌心發著幽幽的紅光，李元旭竟驀地一笑問她：「妳知道那是什麼植物的種子嗎？」

　　「我不知道，但我知道它代表希望、代表生命力…」張蟻透過種子暫時引開他的注意力，迅雷不及掩耳的跳到鐵板很靠近他的地方。李元旭吃驚，但也來不及阻止她，現在他只要跳下去，她也會失去平衡跟著掉下去。

　　張蟻得意的笑道：「你帶我去看它生長的地方，告訴我它是什麼植物的種子？從今天起，那就是你出去旅行的目地，不然我們兩個人，就一起同歸於盡。」

　　李元旭目瞪口呆的看著耍賴的張蟻，覺得這次又被她擺了一道，猶豫是否要為了她，走回鐵板的另一端，她的方向？

　　但她的手，已經向他伸得老長…

-End-

我可以騷，你不可以擾

—————————— 宛若花開 著

前言

　　網路交友已是家常便飯，八大的坐檯也慢慢開始轉換方式延伸到網路發燒，部分的年輕女孩只要有機會可以展現自己，無論哪一種管道，就是自信地三點全露展現自己。裸露的背後，是自信的展現？還是心理的病態？還是經濟的壓力？或是有其他因素，這只有當事人自己最清楚…。當直播主、show girl、外拍麻豆等的生態逐漸在台灣蔓延，讓社會大眾開始盛行網路搜尋這些影片和照片，甚至是她們的住所、工作、個人社群軟體…等，進而得到的是不斷地騷擾、侵犯…，她們一樣可以擁有被愛的權利，而不是被騷擾的歧視。

　　而在這些看似人氣十足，光鮮亮麗的背後，鏡頭下的女孩，被這些黑心商人剝削著，沒有達到一定的時數或點數，就是給予微乎其微的薪水，只能在鏡頭前努力地賣笑又賣肉，答應觀眾的所有要求，達到人體的極致挑戰，才有辦法再上一層等級，再多領一些錢…。

　　該相信這些網路的人嗎？到底怎麼避開這些恐怖情人？怎麼避開會讓自己傷心的人？永遠都只是一句話：「女孩都該

學會保護自己」，是，我們都應該避免所有讓人懷疑的動作、穿著和表情，這是我們倫理道德下的束縛。所以冠上不守婦道，就可以讓男人為所欲為？不該有人保護她們嗎？

我們都知道只有童話故事才會有王子的出現，現實生活中，只有平凡的你我…。女孩也好，女人也好，心中期盼的只是那個可以愛她的平凡人，可以接受她一切的不完美與完美。

女人即便想再挽回，希望可以改變這個男人，終究可能只有一個結局，就是女人在改變自己的這條路上，已經太累了…，她終於知道，幸福只是自己想的，對男人來說，女人只是一個壓力來源，並不是他想要的終點…。

認清事實、崩潰大哭、垂死掙扎、從心出發…，都可能是每段深刻至極的感情所需要面對的過程。不是女孩不夠可憐，得不到上天給予的幸福；不是女孩不夠好，是男人不懂得珍惜妳的好…。

離開，才是對自己最後的交代，才有機會遇到真正愛自己的人。往幸福的路上，女人還可以盡情展現自己，但那不

是騷；女人都可以擁有鎂光燈的聚焦，但卻不能擾。因為上帝都是獨一無二地去創造每一位女人，都是讓女人去發揮自己的價值，創造自己的可能！」

第一章　尾隨之際

「科搭，科搭，科搭科搭科搭科搭科搭…。」後方的腳步聲開始跟著急促，一停下腳步就跟著停，一走腳步跟得緊，往後一望，又消失的無影無蹤…。楊翊菲心裡斟酌著，想著到底該如何擺脫這後方的跟蹤狂，已經一路從捷運站跟到現在，眼看前面就是自己的租屋處，心裡惦著：「總不會像新聞上報導的，我就這樣被拖到裡面給那個了吧？不行不行，我得趕緊求救才行！」

楊翊菲撥了常用聯絡人的第一位，她的好閨蜜－姜語涵，但此時剛好是直播的巔峰時間，姜語涵只是任由手機在那邊嘶吼和翻動，沉浸在感謝著各個為她按下獎勵的「哥哥們」。

楊翊菲不時拿著手機看著姜語涵是否接起電話，不時望向後面看看跟蹤狂距離多遠？心裡默念著：「姜語涵啊姜語涵，妳再繼續跟那些哥哥好，可能明天妳就見不著我了，拜託妳，求求妳，趕快接電話吧！」

正當楊翊菲轉頭看著跟蹤狂到底在哪裡，一個措手不及，狠狠地撞上了一個厚實的胸膛。原來跟蹤狂早就繞道而行，直接抄近路繞到楊翊菲的前方，等著楊翊菲自己「投懷送抱」。

楊翊菲還未搞清楚狀況，直愣愣地被跟蹤狂抱得緊緊的，扎扎實實地將她拴緊，就像深怕她一溜煙就跑的不見蹤影。跟蹤狂在楊翊菲耳邊一字一句慢慢地說著，卻是刻印在楊翊菲心裡，說得讓楊翊菲心裡直發毛：「放心，我不會傷害妳的！我‧會‧好‧好‧地‧呵‧護‧妳，親‧愛‧的…。」說完，擁抱的力道更加強烈，快把楊翊菲給擰斷了…。

好不容易掙脫出吸一口氣的空間，楊翊菲哭喪著說：「求求你，放開我，我快吸不到氣，再這樣下去，我就可能會窒息而死，總不希望就這樣失去我吧？」楊翊菲試圖先用緩兵之計掙脫這個跟蹤狂的雙手，再看看有沒有機會可以逃脫…。不然真的再這樣僵持下去，就真的欲斷魂了…。

「喔，親愛的，對不起，我不知道讓妳如此…，等一下！妳給我站住！」跟蹤狂男子一邊說，一邊開始松開雙手，未料

楊翊菲突然猛一轉身往後拔腿狂奔，跟蹤狂男子雙手一撈，撲了場空，又開始一場亡命追逐…。

雖然說曾是長跑選手的楊翊菲一開始將男子遠遠甩在後頭，但是夜晚冰冷的空氣直灌鼻內，加上高跟鞋的阻礙，根本無法好好發揮。眼見猙獰的跟蹤狂男子近在咫尺，就快要逼上前來，楊翊菲不顧一切繼續往前直奔大馬路，希望在馬路上至少有些路人或是計程車可以救她一馬。

衝出巷口瞬間，一道白辣辣的亮光刺向楊翊菲的雙眸，楊翊菲還未反應過來，接著就是自己突然被拋向高空，整個人天旋地轉，就像玩偶般地脆弱，硬生生地掉落在路邊的垃圾堆中。突如其來車子急煞聲和撞擊聲，在深夜的街道上畫下一筆筆響亮的高音休止符…。

第二章　夢行，夢醒？

「叮咚！」電腦右下方突然跳出 LINE 的訊息提醒，楊翊菲心想應該又是某位老闆在催稿了吧？先把手上目前這一份處理完，再來回訊息吧！楊翊菲又埋頭苦幹實幹了好一會兒。一晃眼就到了下午，不知不覺肚子餓了幾回，早上才靠一杯豆漿撐著，下午自然腸胃就抗議了！伸一伸懶腰，雙手插著腰稍微左轉和右轉幾回，隨手打開旁邊抽屜，拿出一片餅乾啃了幾口，一邊咀嚼一邊點開早上還未讀取的訊息。

「楊小姐您好，因應流行病關係，公司內部經開會後決定，先暫緩接下來的工作計畫，這個月底會將費用結清，期待未來有機會繼續合作…。」楊翊菲心已沉，這已經不知道是收到第幾封解除工作合約的信息，現在手上就只剩下兩三個案子，接下的生活有得苦了…，看來今晚又要開始丟履歷和找案子了，同樣的 SOP 真的不知道要走幾回…。不過作為專職的 soho 族，時間自由選、工作自由選、老闆也是自由選，為了這些自由，還是乖乖認命繼續搜尋吧！

趁晚上工作空檔，楊翊菲點開臉書和 IG，一邊滑著一邊感嘆現在大數據殘留的後遺症，都是室友兼閨蜜姜語涵害的，因為跟她共用網路，加上她又天天開不同版本的直播網站，讓她的頁面充斥著各式各樣的直播廣告和誘惑照片。一邊抱怨，一邊滑過這些頁面，突然有個亮點關鍵字吸引著楊翊菲。

「透過心靈的陪伴，幫助更多的人…，我們徵求喜愛文字聊天的妳，讓更多人可以得到幫助…」幾行廣告文讓楊翊菲來回看了幾次，心裡想著：「應該是真的可以幫助到人吧？可以應用上之前自己大學學過的一些心理學，幫那些低潮的人拉一把，或許這世界就可以少一些人做出傷害自己的事情。好吧，反正最近工作也少了一些，有多餘的時間可以來做些善事，也該趕快做到跟財神求來工作的承諾了！」

楊翊菲點開廣告，填了幾項基本資料，等候對方的來信，接下來就看怎麼合作形式，再來安排時間了。不到一天時間，對方也很快就回信，請楊翊菲加個 LINE，由小幫手協助聯絡和介紹工作流程。

　　加了 LINE 之後，楊翊菲剛點開工作相關檔案，正在研讀內容，姜語涵也剛結束約會回到家，一邊脫鞋子一邊抱怨著：「吼，妳知道嗎？今天他真的很誇張耶！我實在快受不了他了啦…ㄟ…等等…妳在看什麼？」

　　楊翊菲一邊填寫個人資料，一邊回答語涵：「我就應徵一個新的工作，陪人家文字聊天，幫助一些可能心理需要幫助的人，我也還在研究中，想說聊天也可以賺錢，何樂而不為呢？」

　　語涵就像雷達偵測器般地嗅到同類的關鍵氣息，馬上衝到電腦前，將翊菲推到一旁，直盯著螢幕上看：「大姐，妳變成我的同行敵對了！」楊翊菲被一把推開撞到旁邊的櫃子，頭還有點暈，也還沒搞清楚方向，才剛扶正被撞歪的眼鏡，推了推說：「我的好大小姐啊，妳到底在說些什麼？我怎麼有聽沒有懂？」

　　語涵馬上衝到翊菲眼前，睜大眼睛直盯著翊菲看，竊笑地說：「妳之後就會知道我的意思了！先把資料繳齊全吧！我先來洗個熱水澡，剛剛整個超臭的！」語涵自顧自往浴室走，留

下一臉茫然的翊菲，推了推眼鏡，繼續把剛剛未完成的資料打完上傳。

很快就收到需要下載特定 APP 的指令，翊菲也不疑有他，想說應該是要保有個人隱私，就直接在手機上下載。跟著小編指令一步步完成手續，突然小編傳訊息過來：「這個是妳的經紀人，施維格，請記得加他 LINE，他會告訴你接下來怎麼進行工作流程，還有薪水的部分等等，有不懂的地方都可以問他，先這樣囉！」

翊菲心中冒個問號，第一次聽到輔導人還有經紀人在帶的，怎麼感覺好像自己是個藝人一樣？翊菲搖搖頭、笑了笑，自己安慰自己，可能是督導制度吧？畢竟個案百百種，還是得有個人可以詢問比較恰當。

第三章　薪光閃閃

翊菲為了趕工客戶的書本編輯，累了一個晚上，直到 Line 傳來不間斷的鈴聲，翊菲揉揉眼，迷濛地戴上眼鏡，左看右看、環繞四周，循著鈴聲終於找到響了許久的手機，一接通，電話那邊傳來低沉的男聲：「是楊小姐嗎？」

翊菲還沒反應過來，直接聯想到可能是催稿的某位老闆要催稿件了，立馬說：「是，老闆，今天一定會寄出稿件給您，請不用擔心！再稍等一下！」

電話另一頭又再度回應：「楊小姐，我不是老闆，我也沒有要稿件，我是施維格，我們有小編事先給妳我的聯絡方式，昨天晚上妳加我之後，就突然消失，我訊息都傳了不知道幾封，才想說打電話聯絡妳比較快！」

翊菲頓時**驚醒**，想起昨天新工作的部分，右手梳理了一下頭髮，趕緊道歉說：「真的很抱歉，施先生，昨天我在趕工作，有時候一忙起來，真的就沒去注意訊息的部分，那我現在應該怎麼處理比較好呢？」

施維格回答：「沒關係，至少有接電話都還好，那我接下來先跟妳解說薪資部分和操作 APP 部分，如果解說過程中有問題，隨時都可以跟我說，那我們就開始了…。」

經過十多分鐘的解說，翊菲被薪資完全吸引住，不知道一個月竟然可以有這麼高的待遇，訝異自己壓對寶，難道這真的是老天終於要降臨好運在她的身上了嗎？翊菲還沈浸在計算每個月高薪的美夢中，想像著自己拿著這些錢要去做多少事……。

「楊小姐、楊小姐、楊小姐！妳還在聽嗎？」施維格大叫著。

翊菲回過神來：「是，我在！」

施維格回著：「這樣妳還有問題嗎？」

翊菲回答：「沒什麼太大問題了，可能之後操作上如果有問題再跟您請教！」

施維格回應表示：「好，如果沒什麼問題的話，我等等請工程師開通妳的帳號，大概 10 分鐘後就可以開始上 APP 上傳自己的照片和自我介紹，接著就可以開始接案子了！」

翊菲等施維格確定掛電話後，開心地大喊大叫起來！語涵開了房門，一臉茫然地看著翊菲說：「妳一大早在鬼吼鬼叫什麼啦？影響我睡美容覺…。」

翊菲看到語涵出來，馬上飛撲擁抱語涵，把語涵整個人抱起來離地轉了好多圈，大喊著：「姜語涵！我要發了！等我領薪水，我帶妳去吃大餐！」

姜語涵被轉的一愣一愣的，用手拍打著翊菲的肩膀，大叫起來：「不要再轉了，再轉下去我就要吐在妳身上了！趕快放我下來啦！」

翊菲趕緊放語涵下來，幫忙拍拍語涵的背，怕語涵真的吐了出來，一邊道歉地說：「對不起、對不起，我太開心了，忘記妳有暈眩症，還這樣轉妳，真的很不好意思耶…。」

　　語涵一邊乾嘔著回說：「妳就說到做到，我⋯嘔⋯嗚⋯嗚⋯偶先氣 xx(我先去廁所）。」語涵直指著廁所，翊菲趕緊放手，讓語涵衝過去。

第四章　初生之犢

翊菲開心地等待著第一次上線，架好麥克風和筆電，讓自己對準筆電的鏡頭，雙手趕緊再整理一下頭髮和上半身的衣服，等待著第一位個案來敲她。

翊菲等了又等，都過了一兩個小時，還是沒有人敲她，她開始焦慮地在電腦前走來走去，不斷地點開自己的照片和介紹，想說到底是哪裡出了問題？

移了移筆電，擦了擦鏡頭，又起身把自己的位子周遭整個整理過一次，在椅子上坐了一半，又移向前，整個人都不知道在那邊整理了幾回。語涵終於睡飽，也緩解頭暈目眩的問題後，開了房門，正要對翊菲問午餐吃什麼？看著翊菲一直焦慮不安地動來動去，一邊觀察著她，一邊往冰箱走去。

翊菲還是重複著同樣的動作，語涵喝著礦泉水繼續看著她，想著這小妞到底在忙些什麼？走近一看，一個竊笑，她懂了！語涵故意裝作什麼都不知道：「欸妳到底在幹嘛？從剛剛就一直看妳動來動去的，妳是哪裡不對勁？」

翅菲整個人暴躁到極點地說:「本來想說應該都會很順利,但是我都等了快三個小時,都沒看到半個人來找我,我就在找到底哪裡出了問題啊?」

語涵說:「妳讓我看看妳的照片和介紹一下,應該是那邊有些問題要處理。」翅菲似懂非懂地點點頭,趕緊讓座給語涵,看能不能順利開始有人找她,不然真的達不到那個時間和分數,恐怕高薪的夢就要碎了…。

語涵找到過去她們上次聖誕趴的性感裝扮照片,找了張只有翅菲的,修了圖,遮住部分臉,外加把胸部再修大一點,翅菲在旁邊看的一愣愣的,越看越覺得不對勁,趕緊抓住語涵的右手,大聲嚷嚷著:「妳在幹嘛啦?為什麼要把我的照片修成這樣啦?」語涵左手一邊將翅菲推往旁邊,右手持續點著滑鼠,趕緊讓照片上傳。

「叮咚!」照片上傳成功,翅菲整個人傻住,想說這下糟糕了…。語涵趁勢趕緊把介紹做修飾,過了幾分鐘,語涵自信滿滿地喊著:「大功告成!相信沒有幾分鐘,一定會有超多人來敲妳的!我肚子好餓啊,你要不要跟我一起叫外送?」

第四章　初生之犢

翊菲開心地等待著第一次上線，架好麥克風和筆電，讓自己對準筆電的鏡頭，雙手趕緊再整理一下頭髮和上半身的衣服，等待著第一位個案來敲她。

翊菲等了又等，都過了一兩個小時，還是沒有人敲她，她開始焦慮地在電腦前走來走去，不斷地點開自己的照片和介紹，想說到底是哪裡出了問題？

移了移筆電，擦了擦鏡頭，又起身把自己的位子周遭整個整理過一次，在椅子上坐了一半，又移向前，整個人都不知道在那邊整理了幾回。語涵終於睡飽，也緩解頭暈目眩的問題後，開了房門，正要對翊菲問午餐吃什麼？看著翊菲一直焦慮不安地動來動去，一邊觀察著她，一邊往冰箱走去。

翊菲還是重複著同樣的動作，語涵喝著礦泉水繼續看著她，想著這小妞到底在忙些什麼？走近一看，一個竊笑，她懂了！語涵故意裝作什麼都不知道：「欸妳到底在幹嘛？從剛剛就一直看妳動來動去的，妳是哪裡不對勁？」

　　翊菲整個人暴躁到極點地說：「本來想說應該都會很順利，但是我都等了快三個小時，都沒看到半個人來找我，我就在找到底哪裡出了問題啊？」

　　語涵說：「妳讓我看看妳的照片和介紹一下，應該是那邊有些問題要處理。」翊菲似懂非懂地點點頭，趕緊讓座給語涵，看能不能順利開始有人找她，不然真的達不到那個時間和分數，恐怕高薪的夢就要碎了…。

　　語涵找到過去她們上次聖誕趴的性感裝扮照片，找了張只有翊菲的，修了圖，遮住部分臉，外加把胸部再修大一點，翊菲在旁邊看的一愣愣的，越看越覺得不對勁，趕緊抓住語涵的右手，大聲嚷嚷著：「妳在幹嘛啦？為什麼要把我的照片修成這樣啦？」語涵左手一邊將翊菲推往旁邊，右手持續點著滑鼠，趕緊讓照片上傳。

　　「叮咚！」照片上傳成功，翊菲整個人傻住，想說這下糟糕了…。語涵趁勢趕緊把介紹做修飾，過了幾分鐘，語涵自信滿滿地喊著：「大功告成！相信沒有幾分鐘，一定會有超多人來敲妳的！我肚子好餓啊，你要不要跟我一起叫外送？」

　　「這樣真的沒問題嗎？我只是要做心靈溝通，只是陪人家聊天而已…，把照片和介紹…有必要做成那樣嗎…?」翊菲哭喪著臉地說。

　　「沒事、沒事！相信我好嗎？好歹我在這一行也做那麼久了，都知道他們的口味…呃不是，都知道這些寂寞的人們，需要的或是想要的是什麼了！來啦，我們慶祝妳今天順利開工，今天吃披薩如何？我願意先陪妳吃披薩，明天再去健身房還債！」語涵自顧自開始點開外送的頁面，選起披薩的口味。

　　才沒幾分鐘，果然真的開始有不少人開始丟訊息給翊菲，成長的速度幾乎是十倍百倍在增加。語涵訂完披薩後，滿意地走到電腦前，笑笑地對翊菲說：「妳快來看，生意上門囉！還不趕快準備一下，正式開工啦！」

　　語涵看著愣住的翊菲，趕緊將她拉到電腦前坐好，幫她戴上耳麥，確定好筆電鏡頭的位置，對翊菲比了一個讚。翊菲鼓起勇氣，硬著頭皮，右手按著滑鼠點開第一個訊息。一個個寂寞至極的對話，等著翊菲逐一地去排解。

不點開還好，一點開，所有人的煩悶和苦悶排山倒海地都往翊菲這邊傾倒。翊菲應接不暇，如果不是語涵一邊餵她吃東西，可能到傍晚時刻，她連一口水都沒時間喝，因為時間就是金錢！每一分、每一秒，甚至每一句話，都是錢！眼見人數逐漸破百，甚至一天就開始往兩百邁進，翊菲開始感覺到錢的滋味了…。就像打怪一樣，看著點數和人數的數字一直在翻動，那種莫名的悸動和激動，直敲往翊菲的心門。

　　直到晚上八點多，終於告一段落，大家回覆訊息的狀況稍見緩和，翊菲伸伸懶腰，隨手拿起語涵幫她準備的水，一口灌下，再拿起壓在水杯下的紙條：「我就知道妳做得到！」翊菲看著語涵留給她的紙條，不禁會心一笑！

第五章 初次相遇，你好

「叮咚！叮咚！」突然電腦發出敲訊息的提醒，把趴在電腦前的翊菲從睡夢中拉了回來，「誰？是誰來了？」翊菲半睡半醒地揉了揉眼睛，走向大門。開了門之後，發現根本沒有人站在門外，翊菲生氣地說：「是誰在惡作劇啊？」

「叮咚！叮咚！」翊菲看著開的門，但眼前沒有半個人，響鈴聲依然想著，不禁心裡開始毛了起來，難道眼前是自己看不到的…，翊菲突然放聲大叫：「啊！語涵快來救我！語涵，妳在哪裡啊？語涵？語涵…。」

語涵還在半睡半醒中，突然聽到翊菲這樣大叫，想說是發生什麼事情了？才剛打開房門，就看到翊菲迎面撲來，還沒來的及反應過來，兩個人就這樣一起摔在床上。語涵被勒的快受不了，啞聲地說：「楊翊菲，妳可以先放開我，先讓我喘口氣嗎？」

翊菲這才反應過來，趕緊鬆開手，急忙跟語涵道歉：「語涵對不起，對不起，我實在太害怕了，剛剛我聽到電鈴的聲音，

想說大半夜誰來找我們？我就去開門，但是當我開門之後，發現眼前根本沒人，而且鈴聲還一直響，我就在想…，我就在想…。」

「妳就在想說是不是遇到鬼了對不對？」語涵一副不耐煩地說著，一邊起身拍拍身上的衣服。「對對對，剛剛我真的前面都沒有半個人影耶！妳說，我是不是真的撞鬼了？？」翊菲整個人開始歇斯底里起來，「我是不是應該去拿個平安符？還是十字架？還是…對，我去拿個鹽巴，我聽媽媽說過，鹽巴可以去邪，我去拿..我去拿…。」

正當翊菲準備去廚房拿鹽巴，語涵兩手抓住翊菲的肩膀，將翊菲輕輕按下，讓她坐在床緣邊，安撫著翊菲說：「翊菲，翊菲，妳先冷靜下來，不要自己嚇自己，這世界上根本沒有鬼，我們先找找聲音是從哪裡出來的，搞不好是隔壁鄰居的，妳先別怕，我先去看一下，妳坐在這邊等。」

翊菲哭求地說：「不要，我不要一個人在這裡，帶我去好不好？」語涵看著翊菲這樣折騰著，無奈地說：「好吧，妳跟我去看看，但說好，妳不要再尖叫喔！因為現在大半夜的，等

一下我怕搞得全公寓的人都起來關心我們。」翊菲點點頭，緊抓著語涵的手臂，躡手躡腳地往大門方向走。

　　語涵和翊菲兩人走到大門口，語涵走出門左看右看，發現沒有任何人，剛好巡邏的保全上來，保全問道：「剛剛的尖叫聲是妳們發出的嗎？我剛剛看妳們這條走廊的監視器，沒有發生什麼異狀，是有小偷嗎？」

　　語涵連忙道歉地說：「保全大哥辛苦了，沒事沒事，應該是誤會，可能是我室友自己嚇自己，我們剛剛也沒看到什麼人影，應該只是虛驚一場，謝謝大哥的關心！」保全點點頭，交代兩人：「如果沒什麼事就趕緊進去吧，大半夜的在外面滿危險的，我再去巡邏確認一下，妳們早點休息吧！」語涵和翊菲兩人謝過保全後，就回到屋內，關上門。

　　「妳看，我就說吧，是妳自己嚇自己，根本沒有什麼鬼，大哥也說幫我們看過監視器，妳就別想太多了！」語涵一邊拍拍翊菲肩膀，一邊安慰地說。翊菲只好點點頭，突然，鈴聲再度響起，翊菲還是禁不住又大叫一聲，趕緊摀住自己的嘴巴。

　　語涵循聲找去，不禁聳聳肩，啞然失笑地說：「我的大小姐啊，是妳電腦發出的聲音，妳怎麼會不知道啊？」翊菲一臉驚慌地說：「我的電腦？可是…我怎麼從來沒聽過電腦有設定這種聲音啊？」語涵點了點滑鼠，滑開螢幕保護程式，發現是上次翊菲加入的聊天軟體，順勢點開正在閃爍的對話提醒，竊笑地對翊菲說：「小姐，生意上門囉！還不趕緊過來把握！不然等一下人家沒耐心，妳到手的錢就要飛走了！」

　　翊菲被推到電腦前坐下，語涵趕緊找出翊菲的耳麥，催促著翊菲趕快說話。翊菲吞了吞口水，清了清喉嚨，輕聲地說：「嗨，初次見面，你好！有什麼可以為你服務的嗎？」

　　語涵聽完剛剛翊菲說的那段話，差點暈倒，她趕緊先按下靜聲鍵，對著翊菲大喊：「天啊！我的天啊！小姐，妳現在是在飯店櫃台嗎？我們不是服務生耶！」翊菲無辜地說：「不然我該說什麼才好？我…我…我之前都只有回覆訊息，第一次除了跟老闆以外的陌生人語音，我實在不知道該說什麼才好…。而且我本來就是在幫人家解憂的啊，這不也是一種服務嗎？」

　　「算了、算了，算我說不過妳，總之，等一下妳記得把握住機會，盡量迎合他，不管他說什麼奇怪的話或是噁心的話，千萬記得不要跟錢過不去，只要他還在線上，每一秒都是在賺錢！知道了嗎？」語涵再次按下按鍵，輕推著翊菲的肩膀。翊菲看著語涵誠懇的眼神，點了點頭，深吸一口氣，繼續說著：「今天還好嗎？有什麼煩心的事情需要我幫你解憂嗎？」

第六章　意外插曲

「漂亮妹妹的聲音真好聽，哥哥心裡有好多話想說，妹妹方便開鏡頭視訊，讓哥哥看看妹妹現在有穿衣服嗎？內衣褲是性感的？還是可愛的呀？」語音傳來讓翊菲覺得噁心的話語，自己趕緊按下靜音鍵，對著語涵說：「他說要開視訊耶！而且還要看我穿什麼內衣？天啊，現在的男人劈頭都是這樣問候女生的嗎？到底是病的多重？」

「我的好室友啊，我剛剛不是說不管他說了什麼，都不要介意，盡量去迎合他嗎？既然你覺得他有病，妳就要去拯救他不是嗎？對，妳不是要拯救這些有心理疾病的人嗎？這是妳最佳表現的機會，妳看，妳等於跟那些諮商師一樣，都是以秒計價，可以救人又可以賺錢，何樂而不為？只是先不要視訊，先吊他胃口，讓他多丟些禮物和獎品，之後再給他視訊的機會，快，不然他等太久的話，就會選其他人，妳的金主就飛走囉！」翊菲只好趕緊解除靜音，繼續迎合著她的第一位「病患」。

過了兩三個小時，終於這位「病患」願意放過翊菲，翊菲點下右上角的叉叉，整個人虛脫地脫下耳麥，看了看窗外，碎

念著：「都已經日出了，想不到時間過這麼快…，先洗個澡、補個眠，再來繼續趕工吧！」心裡突然冒出個念頭，既然都諮詢這麼久，翊菲納悶著、好奇著到底能賺到多少錢？

　　順勢點開個人會員頁面，心頭一驚：「竟然可以達到這麼多點數？個、十、百、千、萬、十萬…，我記得施維格有提到，只要可以破百萬點數，月入數十萬不是問題，我才不到一天就突然暴增十萬多點，等於只要這樣十次，我就可以達到他們說的門檻，加上語涵教我的，讓他們多丟些禮物之類的，就可以更快達標！哇，阿母，我真的出運了！」頓時翊菲覺得精神都來了，趕緊梳洗整理，簡單吃個早餐，就繼續把之前的兼職工作完成，好讓自己在晚上有更多時間可以幫更多人進行「諮詢」。

　　晚上時間一到，翊菲趕緊坐在電腦前，點開聊天軟體，帶上耳麥，準備好迎接今天美麗的夜晚。意外發現自己竟然一個禮拜就達到上千位粉絲，仔細看上次語涵幫忙上傳的照片，好像都是裸露的居多。翊菲趁著空檔將自己幾張比較美的自拍照

上傳，撤下那些較為裸露的照片。沒多久就看到有人傳私人訊息來：

「怎麼突然把照片都撤下了？之前那些照片很美啊！」

「沒啦，就覺得後面這幾張比較美，所以換一下照片。」

「可是我覺得之前那些身材比較好，比較火辣辣，可以私下傳給我那些照片嗎？或是更裸露的也可以喔！」

翊菲心裡覺得有些怪，怎麼諮商還會跟人要照片？趕緊回說：「不好意思，我覺得這樣不太妥，畢竟這是個人隱私的東西。」

「妳們這些女生哪有什麼隱私啊？不都是早就不知道露過幾點給人看過，或是早就被人家騎過，有必要這樣裝清高嗎？」

「先生，說話請客氣一點！哪有人這樣亂栽贓別人的？」

「哼，我已經夠客氣了，栽贓？都還沒罵妳妓女、破麻，哪裡不夠客氣？妳們在這邊不就是要露給人家看的嗎？」

「請你別太過分，我可以擷取對話框，對你提告喔！」

「哇，這樣就要告我啊？你去告啊！去告啊！自以為處女嗎？妳跟那些網站上的女生有什麼兩樣？不都是來這裡賣聲、賣臉、賣身體賺錢的？」

「你真的惹火我了！誰給你賣身體啊？你到底有完沒完啊？我要去跟管理員說，絕對要讓你好看！」

「去啊！去啊！管理員拿我沒辦法的啦！拜託，我是這裡的 VIP，每一個這裡的女生都不得不巴結我，巴不得我趕快去點開她們的對話框。啊，我知道了，妳是不是故意這樣做的？故意引起我的注意？」

第七章　粉絲初登場

　　翊菲真的受不了怎麼會有這樣自戀的人，更糟糕的是，在這樣的工作生態內，可能有更多這樣的人存在，可能有更多人因為生活所迫，不得不對他們低頭，讓他們更加猖獗！但無奈的是，自己卻無法去改變什麼，只能關掉對話框，不再跟這類人有任何交集。一邊滑著，一邊嘟囔著：「到底現在是什麼世代？竟然是壞人當道，好人就該任由他們欺負？但，他可是 VIP 耶！我幹嘛不忍一忍？」突然有個對話框跳出寫著：「今晚有空聊聊嗎？」

　　翊菲正愁著金主剛飛走，還在怪自己為何要讓到手的鴨子飛走，這個對話框就像是乾旱中的那滴露水，讓她頓時精神都來了！馬上敲打著鍵盤回覆：「有空，當然有空！」對方也回個笑臉，回著：「第一次看到回得這麼猴急的，感覺不像是這邊直播主的回覆方式，如果不是新手，應該就是機器人吧？」翊菲整個不知所措，想起語涵之前跟她提起的，大概會來這邊聊天的可以分幾種人，一種是專門欺負新手，一種是特別愛新

93

手，還有一種就是特別討厭新手，所以要先測試過，再看下一步該怎麼聊。

翊菲先開始裝作機器人自動回覆，小心翼翼地看著到底螢幕後的這個人，是屬於哪一種人？聊著聊著，他們不自覺開始聊到各自求學過程，聊到投資的方式，聊到感情觀，聊著聊著竟然默默地就天亮了！語涵起床到廚房拿完水，一邊喝水、一邊看著翊菲在冒粉紅泡泡，心裡覺得有點奇怪，想著到底在跟何方神聖聊天？竟然讓這個已經對男人絕緣且死心的女人可以起死回生？走近一看，天啊！這時數，都快飆過她之前的最高紀錄了，這筆單賺下來應該是可以讓翊菲這個月不愁吃穿了！語涵低著頭還在尋找著對話框的人物照片，翊菲突然轉身站起，把語涵嚇了一大跳！

兩個人突然這一撞，還真的撞得頭冒金星，痛的哇哇大叫，語涵先發制人：「楊翊菲妳幹嘛突然站起來？」

翊菲一邊留著眼淚，一邊摀住撞到的地方說：「吼，妳才嚇人吧！幹嘛突然站在人家後面？」

語涵一邊揉著頭說：「關心妳耶！想說妳在跟誰聊天，聊的這麼久？怕妳被欺負，才想說走近關心妳一下，真的是好心沒好報！」

翊菲就像突然被電到，趕緊說：「先不說這個，我剛剛是要去問妳，如果這些網友要約妳出去，妳都怎麼處理？」

語涵眼睛發亮：「挖，要見網友啦！當然出去也要有些表示才行啊！但是也不是隨便跟人家出去，得先看看這個人到底正常不正常？」

翊菲害羞地說：「感覺他是個很聰明、很有想法的人，我們聊到他的碩士研究在做什麼？投資股票的話該怎麼操作？他還說要教我怎麼操作選擇權，還有啊...」

語涵趕緊打住：「等等，妳們都聊這麼正經的事情？不是應該聊些...那個、那個嗎？」

翊菲瞇著眼睛，疑惑地問：「哪個？妳在說什麼啊？我們整晚就聊他最近感情的事情啊，還有他養的貓咪啊～還有他目前辭去工作在做什麼啊～」

語涵搖搖頭地說：「我還真的第一次看到有人聊這麼正經的話題，看來應該是正常人，妳自己就找個比較多人的公共場所吧，像是咖啡廳、連鎖餐廳之類的，先不要去電影院或是比較黑暗的地方，誰知道他在暗處會不會變成一頭狼把妳給吃了！」語涵作勢要把翊菲吃掉的樣子，翊菲趕緊躲開。

翊菲甜滋滋地說著：「好啦！我自己會多注意，我趕快去回覆他！」翊菲衝回去電腦桌前，期待跟這位「粉絲」第一次的初見面！」

第八章　我有故事，妳有酒嗎？

　　這一天終於到來，翊菲跟「粉絲」約在一處有名的餐酒館。越接近時間，翊菲的心就越七上八下，心裡複習著語涵教她的小叮嚀：「如果你看到對方跟照片差很大，而且會第一次對妳毛手毛腳，妳就傳訊息給我，我就馬上打電話讓妳脫身；如果他馬上說要改地點，妳就說要去餐廳裡面借廁所，先躲進去找服務員；如果他吃飯完約妳去酒吧、夜店、電影院，妳就說身體不舒服要早點回家，等一下男友會來接妳，我就趕緊搭計程車去找妳！」

　　還在回想的同時，一聲渾厚的男聲小心翼翼地跟翊菲打招呼：「嗨！是楊小姐嗎？我是昨天跟妳聊天的艾力克斯，我們進去吧！」翊菲發現跟語涵設定的情節都不一樣，還傻在原地不知道該怎麼辦？艾力克斯見狀，走回翊菲的身旁，勾起右手，等待翊菲伸手勾上，翊菲似懂非懂乖乖勾上去，跟著艾力克斯一同進去餐廳。

　　艾力克斯紳士地幫翊菲拉椅子，並確認翊菲喜好的餐點部分，很快地點完餐點，讓服務生開始進行桌邊服務。翊菲第一

次進到這樣的餐廳，也第一次體驗這樣的服務，整個人就像劉姥姥逛大觀園，好奇地不得了！艾力克斯看著翊菲新奇的表情和動作，不禁笑了起來，等到翊菲察覺到艾利克斯笑開懷，滿臉通紅，不禁開口問：「你從剛剛就在笑什麼呀？」

艾力克斯先揮手致歉，微笑地說：「沒事，抱歉，只是覺得妳很可愛，怎麼會有這些動作和反應，讓我滿意外的！來吧，我還不知道怎麼稱呼妳？可以了解妳嗎？還是我先說我的故事呢？」這時候艾力克斯逐漸將手靠近翊菲。

翊菲聽完艾力克斯的話之後，頓時臉變得更紅，不禁趕緊拿杯子喝水，卻又不小心嗆到。艾力克斯趕緊起身拿餐巾協助翊菲擦乾衣服的水漬，輕聲地說：「別緊張，順其自然就好，怎麼這麼不小心呢？讓我想起之前…。」

翊菲一開始還未察覺到不對勁，手忙腳亂地跟著擦身上的水漬，卻逐漸發現艾力克斯的手開始不安分地擦沒有被水噴到的胸部，甚至是大腿內側。這時候翊菲趕緊壓制艾力克斯的手繼續往內伸，趕緊說：「應該都沒問題了，謝謝你幫我，你剛剛說想起之前什麼呢？」

艾力克斯知道無法繼續下去，悻悻然起身回座，開始說著他的「故事」。翊菲順勢將手機拿到桌底下，開始傳訊息跟語涵求救：「快來救我，他剛剛竟然要用餐巾擦到我的大腿內側耶！」

語涵收到訊息後，馬上打電話給翊菲，翊菲看到顯示來電欣喜若狂，但還是要壓制住自己的內心，禮貌地對艾力克斯說：「不好意思，我接個電話。」翊菲接起電話，聽到語涵開始命令式交代她：「妳現在就裝作跟朋友或家人在聊明天要去哪裡，我說什麼都不要回應，我等等會跟妳說要怎麼做，妳只要照著做就可以脫身！」

翊菲對艾力克斯點點頭，側著身講電話，開始聽著語涵的每個步驟。經過約莫三分鐘，翊菲簡單說聲掰掰，趕緊回過身對著艾力克斯說：「不好意思，朋友約我明天去爬山，我可能也無法吃太晚，剛剛還讓你點那麼多，真的很抱歉！不然我們AA制好了，我們一人一半。」

艾力克斯瞇著眼說：「妳，不想聽故事了嗎？我還有很多除了股票和學生時代的事情還沒跟妳分享，這麼快就要走啦？」

翊菲發現真的被語涵說中其中一項，趕緊抱歉地說：「沒有這個意思啦，我覺得你真的很厲害！也很想聽更多的故事，只是真的時間也晚了，怕明天爬不起來去赴約，不然下次我請你？」

艾力克斯搖搖手，笑笑地說：「哪有讓女生請客的道理？我想說，難得我們聊得來，我特地空出時間來找妳，不然妳也知道，其實這個時間我應該是坐在電腦前開始顧著美盤了。妳不是也想學投資美股嗎？」

翊菲心裡開始焦急，很怕再下去可能撐不到語涵來救她，雙手在腿上開始摳著，並用眼角瞄著大門口的方向，祈禱著語涵一定要趕上，不然她真的快要受不了了！翊菲乾笑地不回應，伸出手去拿杯子想要喝口水潤潤喉。這時艾力克斯順勢抓著翊菲握著杯子的那隻手，並開始順著翊菲的手往上游走，翊菲想趕快將手抽回，不小心打翻了水杯，但艾力克斯不為所動，繼續熟練地拿出另一隻手，雙手開始一上一下地撫摸著翊菲的手，一邊輕聲地說：「我看也不用明天還特地大老遠跑去跟朋友爬

山，不如就跟我今天晚上開車去兜風，帶妳去山上看夜景如

何？」

翊菲想趕緊將手抽回，卻被艾利克斯緊緊抓住，越想掙脫，

卻是得到被抓更牢、更緊的回應。這下子真的是讓翊菲整個人

不僅是焦急，心中更是充滿著恐懼，深怕自己如果不乖乖聽話，

不知道對方下一步會是如何傷害自己？

第九章　好久不見，原來是你

正當翊菲緊閉雙眼，默默在心中祈禱著眾神來幫她，只聽到艾力克斯爽朗的笑聲：「哈哈哈～哈哈哈～哈哈哈…！」翊菲略睜開一隻眼，偷偷瞄著艾力克斯，才發現艾力克斯早就笑到東倒西歪，翊菲還搞不清楚狀況，睜開雙眼疑惑地看著艾利克斯，這時剛好語涵也衝了進來，大喊著：「楊翊菲，妳在哪裡？」當翊菲聽到語涵的聲音，淚眼汪汪地看著語涵，聲音猶若細絲地叫著語涵：「語涵，我在這裡…。」

語涵就像是千里耳般地聽到這細絲聲音，瞬間轉向翊菲的方向，怒氣沖沖地往翊菲方向走，正當語涵拉起癱坐在椅子上的翊菲，艾利克斯先發聲：「好久不見！」語涵聽見熟悉的聲音並與艾力克斯對上了眼，語涵驚訝地看著艾力克斯，淡淡地說出：「原來是你…。」翊菲這時也是又癱了一回，就像自己成了這場局的局外人，端看著語涵和艾力克斯上演著即將未知的故事…。

「既然妳們都認識，就坐下吧！」艾力克斯輕聲說著，就像什麼事情都沒發生一樣。

　　「不用了，我們沒有必要再繼續裝熟，當初我想挽回，我為了你改變我自己，但你卻不願為我改變任何一點，那就代表結局已定，我們無法一起走向幸福…。」語涵斬釘截鐵地說著，就像千斤重落在地上，鏗鏘有聲。

　　艾力克斯搖搖頭地說：「如果那時候我沒有離開，妳不會有機會遇到真正愛妳的人。一開始我也說清楚，我只是玩玩，我沒有想要走到妳說的終點。妳給的，不是我需要的，只會讓我感到更多壓力，只想趕快離開妳。我也說過，當初會找妳，是因為妳在平台上夠騷，我覺得都是玩咖，就出來玩一場，人生就只是逢場作戲，何必這麼認真呢？」悻悻然地喝了一口紅酒。

　　翊菲突然明白原來眼前這個男人，是當初剛搬進來的那時候，讓語涵天天用眼淚洗臉的那個男人！為了幫語涵爭一口氣，鼓起最後勇氣向艾力克斯喊著：「原來就是你！你知道當初語涵為了你哭到眼淚都變成血，多少的日子和夜裡都為了你崩潰好幾回，你怎麼只憑她在工作平台上就斷定她的一切？她跟你那些女人不一樣，她不是騷貨！」

　　艾力克斯收起笑臉，認真地說：「這也是我離開她的原因之一，因為我後來發現她跟平台上不一樣，她不是玩咖，而我也不碰那些良家婦女。So，The end，故事就結束了！但我說的騷不是妳口中的騷貨，女人都可以盡情展現自己，但那不是妳們口中的『騷』！我一直都是支持女人展現自己，成為鎂光燈的焦點，因為上帝都是獨一無二地去創造每一位女人，並讓女人去發揮自己的價值，創造自己的無限可能！」

　　語涵開始歇斯底里：「所以是我不夠壞？不夠玩咖？不是你口中的『騷』，就得不到上天給予的幸福嗎？」

　　艾力克斯嘆了聲氣，搖了搖紅酒杯，對著語涵舉杯地說：「不是妳不夠好，我說過，是我不懂得珍惜妳的好…。也只有離開，才是對自己最後的交代，也是對妳的人生一個交代…。好聚好散，不好嗎？」然後說完，艾力克斯將紅酒一飲而盡，也舉手向服務生說最後一句：「買單！」

　　這時，換成語涵癱坐在椅子上開始嚎啕大哭，積在心底已久的那道傷疤，再次被抓傷，流出一滴滴的鮮血。艾力克斯買

完單，直接走向大門揚長而去。翊菲不知該去追上艾力克斯討個公道，還是留下來安慰，才是對語涵是好的…？

　　時間就這樣流逝過去，餐廳也已經快要打烊，翊菲一直靜靜地坐在語涵身旁，靜靜地陪著她流淚，直到服務生向她們再次提醒真的已經打烊了！語涵才緩緩起身，突然又癱軟了一些，翊菲趕緊向前扶著語涵，兩人緩慢地步向大門。翊菲先讓語涵坐在餐廳前的等候區，自己先趕緊到馬路邊招攬計程車，再回頭趕緊將語涵攙扶上車，回到她們熟悉的避風港…。

第十章　騷與擾，不是這個世界去定義

　　語涵坐上車後，一邊看著窗外，一邊開始哼歌，翊菲只是靜靜地坐在旁邊準備著衛生紙，等待著語涵隨時可能落下的淚水…。突然語涵開始說起過去：「妳知道這首歌嗎？這是他在我們第一次約會時候，載我去兜風看夜景，一路上一直哼的一首歌。到現在，那首歌的每一個音和每一個字都烙印在我的腦海裡，我無法忘懷…。雖然他的的確確傷我很深，但是我還是很感謝他教會我很多事情，只是我無法救回他…。」

　　翊菲不禁好奇問起：「為什麼要救回他？」

　　「因為他曾說過，如果他養的兩隻貓都過世的話，他覺得人生也差不多可以結束了…，因為他不想看到自己年老的樣貌，他也覺得這世界上已經沒有他做不到的事情了…。他真的很聰明！真的是我遇過世界上最聰明的人！不僅家世好，求學過程也都相當順利，甚至後來自己創業、投資股票都是一帆風順！沒有他不會的事情！完全是超級人生勝利組！但是…他不願讓我知道他的過去，只知道這兩隻貓是當初他的前女友留下來的…。」語涵嘆了聲氣，沉浸在回憶裡。

翊菲不禁忿忿不平地說：「那他就只是一個不知天高地厚的怪咖，怎麼有辦法教會妳什麼？」

語涵微微地笑了一下，對著翊菲說：「他教我的是一種態度，一種勇氣，一種可以面對人生百態的方法。跟他交往的那段期間，我本來也只是跟妳一樣剛踏入直播平台的新人，被罵、被騷擾都是常有的事，連經紀人都不會護航，只是要我繼續在那邊騷首弄姿地表演…。是他教會我怎麼去破解平台的遊戲規則，還能抓住男人的口味，並且找回自己的信心，好好展現自己的優點！也是因為有他，讓我在被奇怪的粉絲跟蹤的時候，知道自己是有人保護的、有人珍惜的！而他也說過，其實騷擾這兩字，不外乎就是這世界、這社會對『騷』和『擾』訂下了負面的涵義，為什麼只說女人漂亮？而不是用『騷』去形容女人很有自信地去展現自己呢？而『擾』不就是因為定義成讓人不舒服，才叫擾？為什麼不從字面去解釋用旁邊的手去撫慰女人心中的憂傷呢？」

翊菲看到語涵眼中那道失落，了解艾力克斯在她心中，占了一份很重要的位子，只是，對方的人生規劃中，並沒有語涵，

也說了全世界渣男都會說的話…，都是傻女人留在原地，抱著回憶度日子，只有渣男繼續找下一位，繼續尋歡…。

翊菲欲言又止，還是決定敲醒夢中人：「但是，他所做的每件事情以及每句話，都是在傷害妳！即使他真的很厲害、很聰明，還在妳困難的時候幫助過妳，但他就是個渣男！他不值得妳這麼愛他！」

「即便他是渣男，即便人生重新來過，我還是願意奮不顧身地再次遇見他！我一直在思索分手的時候，他跟我說過的話，其實跟今天對我說的話大同小異，沒有太大差別…，但是一直到今天，我才真正懂他的意思…。」語涵開了窗，開始吹著風，試圖讓自己腦袋再清醒一點！

「懂他的意思？他說的話哪裡還有什麼大道理啊？」翊菲被語涵搞糊塗了。

「他其實是個口是心非的人，嘴巴是壞了點，但是心裡是個很柔軟的人。就好比前女友這兩隻貓，其實他對這兩隻貓真的很有愛，也很有耐心！他明知道說這些話會傷害我，但是他還是會在事後傳訊息來道歉，把事情分析一次給我聽，讓我知

道他是怎麼想的。簡單地說，他分手主要原因不外乎就是不希望拖累我，因為他如果真的死後，只剩另一伴在這世界上，他怕留下的人太孤單、太傷心…，他不希望有人在他死後還一直惦記著他…。他只希望可以遇見更多的人，在他定的倒數期限內，可以將他的理念分享出去，讓更多女人可以從回憶中醒過來，好好做自己！」剛好也到家門口前，語涵付了錢，如平常般開了門，下車。

兩個人回到家，一起癱坐在沙發上，翊菲就像懂了什麼，對語涵說：「我們要不就趁這次機會結束這一切？」

語涵轉頭看著翊菲說：「妳捨得放棄妳現在這個高峰？」

翊菲堅定地說：「剛剛那些話，讓我頓時了解妳對他的崇拜，但是我們都要向前看！不如就這樣『光榮退休』吧！」

語涵笑笑地說：「好！就這樣風光畫下句點吧！既然從這邊開始，就從這邊結束吧！我是該往前繼續走了！不過，我已經可以想像我們經紀人的臉色了！」

　　兩人相視而笑，一起傳了封訊息給彼此的直播平台經紀人，
翊菲抱著語涵說著：「我們要成為這世界最騷、最棒的女人！
沒有人可以再打擾我們！沒有人可以再騷擾我們！」

-End-

國家圖書館出版品預行編目資料

心理醫生／六色羽、宛若花開　合著.—初版.—
臺中市：天空數位圖書　2021.03
面：公分
ISBN：978-986-5575-26-7（平裝）

863.57　　　　　　　　　　　110004309

發　行　人：蔡秀美
出　版　者：天空數位圖書有限公司
作　　　者：六色羽、宛若花開
編　　　審：璞臻有限公司
製 作 公 司：多開卷有限公司
版 面 編 輯：採編組
美 工 設 計：設計組
出 版 日 期：2021 年 03 月（初版）
銀 行 名 稱：合作金庫銀行南台中分行
銀 行 帳 戶：天空數位圖書有限公司
銀 行 帳 號：006-1070717811498
郵 政 帳 戶：天空數位圖書有限公司
劃 撥 帳 號：22670142
定　　　價：新台幣 250 元整
電子書發明專利第　I　306564 號

Family Sky

紙本書編輯印刷：
電子書編輯製作：
天空數位圖書公司　E-mail：familysky@familysky.com.tw　http://www.familysky.com.tw/
地址：40255台中市南區忠明南路787號30F國王大樓　Tel：04-22623893　Fax：04-22623863